夜伽話《よとぎばなし》

加藤廣行詩集

加藤廣行詩集　夜伽話　＊　目次

装幀　高島鯉水子

加藤廣行詩集

夜伽話

ナイト・クルージング

出航を待つ春の夜はことのほか西風が強く　さすがのオデュッセウスも気が滅入るほど　だったかどうか　英雄の心情を思いやってみようと企てぬでもないが　こう熱が高くては身体が思うように動かない　さっきから何かに呼ばれているようなので起き上がろうと懸命なのに　指令系統のどこかが目詰まりを起こしているらしい　まず腕が動かない　エイリアンが侵入している　闇の支配者宛相当の発信量　媚だろう　先を越された　こちらからの信号が通らない　運動系統の作動は次第に緩慢　巨人の生態とはこんなものかと韜晦

するばかり　と言って肥大したのは認知野の落魄だから　単に動き
が悪いのである　スローモーなコマ落としで初期の特撮みたいだと
は先刻承知　懐古趣味だと努《ゆめ》笑うなかれ　言葉はまだ眠ったままだ

もう三日三晩吹き荒れたというのにまだこの風が収まらない　北や
南なら季節を頼むが　西へと変わった風向きが頑固一徹　袖を引か
れても一向に傾かない　今年はまた格別の趣が加わって　海面から
中空へ外延から胸郭へと　およそ患ったことのない形状の渦が後か
ら後へと生まれ継いでは複雑に絡み合い　かと思えば排除しあって
結節の温度差を模様化して怠りない　年毎の儀式とはいえこう熱い
言説が吹き荒れては　肩肘を張りあっていては居たたまれない　一
体どこで生まれるのだろうこの悪寒の波頭は　一口にホワイト・

ホースと言ってどれひとつとして同様の砕け方はない　期待はどこからでも水の泡となる　待てば海路のとひたすら暗中を飲み継いで順風を待って　いっそ晴天白日に晒されてみようかと頭蓋をすこしだけ開けてみる　思い出の中に飛び交う星雲の機嫌を窺いながら

それにしても何という覚束ない足下　横たわりがちな精神には回復策も必要かと台所の探索に出かけてみる　まずは手近な燭に灯を入れて辺りを偵察　航路を思い起こす　半身を起こせればよし　しばし綱どもの悲鳴を招き入れ竜骨の振動に心拍を合わせてみる　ドアは開くか数歩で到着するはずだ　次のドアの向こうが即ち目的地両腕をいっぱいに開いて指先で当たりをつける　通い慣れた水場への道にも油断はならない　途中に精霊どもの宴がないとは限らない

夜を徹して航跡に屯《たむろ》し火花を撒き散らしているかもしれない　とは
いえあそこまで行けば懐かしい松籟が聴こえるだろう　ゆっくりと
慎重に歩を進め　沈思の具現である神々を憚りおれば　天地を支え
る運動中枢に帆がかかるかもしれない　若い日の幻　外国航路の賑
いを聴いた宵　銅鑼の連打に震え上昇する錨に巻き上げられて旅
立ったのであった　ああそれがこの磁気嵐　年に一度の誅求の風
しかし四日めに入ってなお衰えぬとは訝しい　酒が足りぬのか饗応
の懈怠か　それとも奉げまつるしわぶきの誤りか　いやむしろ逆境
の中でこそ輝きを増す灯台があるとの教え　書き換えようか　処方
箋を襲う新月を　明日は眼が開くか　はたまた見も知らぬ薬が潮の
高さを抑えてくれるか　いやそれにもまして伝説が　波路遥かに帰
らぬ舵が　もしや夜明けの沖を横切るのではないかと

往来

枯葉の渦をやり過ごし
話だけでも聞けという
生身の身体じゃあるまいし
話のほかになにがある
格子を出た手があんまり白くて
何やら訳あり
ふと目がとまっただけのこと
先を急ぐが気障りならば

絡めたまなじり緩めることだ

寒い暑いは気の迷い
一日一度はここまで落ちて
浮かぶ瀬求めてただ待つばかり
それでも今夜は具合がよくて
紅のひき方さらってみたが
月が近くて思わず知らず
伸ばした手首がなにかにさわる
怖いものさえ知らないうちに
なぞってみたのさ表の暗さ

それではここは夜の中か
まるで昨日をはばかるように
衆生の灯りが落とされて
わずかに明るい幻の
舞台でためらう指と指
異界はどちらかわからぬけれど
道行なんかはまっぴら御免

懐探って互いの言葉
黄昏　あたしが見られる方で
まさぐるおまえに一節まいる
あんまり邪慳にしなさんな

夢をみるのがなぜ悪い

玄関を出るともうそこは街道　大きく曲がり始める坂の途中　忘れ物はないかという父らしい声に　座布団は持ったよと返しながら戸を閉める　風の強い朝いきなり頬を打つ光　青空の対流が背中を押す　待っていてくれた友達と砂利の坂を登るのが日課　髪をなびかせて後ろ向きに歩く　足下から吹き上げる渦に巻き上げられて　くるくると銀杏のてっぺんあたりまで行ったりしながら　金色の葉を従えて学校に近づく　今日は講堂で音楽会がある日　冷たい床に座るのもうれしい不思議な空気に包まれるのはもっと悩ましい　いつか聴いた響きが額ではじけてもう背筋をくすぐっている　ああ　あの廊下に並ぶのだ　決められた順に入りたくさんの違った顔と一緒

に静けさの聖地に向かうのだ　みんなあたしになればいい　あたし
なんかどこにでもいるんだとだんだん思いながら

なるほど生身は軽いもの
恨みどころか後悔までも
後へ先へと七色変化
撥《ばち》も無用という訳か
道理でその手の鋭いことよ
したたる嫉妬の三下がり
襟が震えて刻一刻と

誰彼望んでいるのじゃないが

できることなら音曲の
流れ流れるこの川向こう
今を昔に帰る人
通りすがりと格子を抜けて
あんまりじゃんけんしなさんな
ゆめよめゆめよめ
いやな後出し

ポチの庭

ほとほとと戸をたたく音がする　こんな時間に一体誰がとまずはそう思わぬでもないが　確か今昼寝に入ったところ　人が来るのは疑わざるも迷惑であること千万なりと　ここは強気に午后の深みに沈みこもうとするが　納めるべきは何たるか忘れていそうで不安不安と浮き上がり　縮尻《しくじ》りの穴を数え続けて　もう夜かも知れない　それにしても町中には似つかわしくない作法狐狸妖怪なら合点がいくが　そうかこれは今時の話ではないな

誰かが呼んでいるような気がするという経験は実際誰にでもその思春期に訪れるものであり　学説によればその切なさにおいて十分通過儀礼に価するという　夜ごと花びらを散らす窓辺に星が近づけばその一瞬恋人の誘いが胸の中を響きわたったり　広大な脳の果て光も届かない人称の彼方からの警告が稲妻のように駆けめぐったりいずれにもせよやがては壁に留められた造花のように色褪せるそれらは記憶の入り口　日に日に遠のく夢の噴出　しかしそれにしては日常的なあまりに聞き慣れた声　例えば透明な銀河が降りてきて巨大な花火をみんな吸い込んでも秋の大祭は例年のこと　地の喧噪は運動会までやまずその先の文化祭に気づいてようやくその火照りを鎮める　菊の花が学校を囲む　澄んだ空気が町をつつむ　日曜の朝「音楽の泉」を聴き終わり三間ある家の真ん中の部屋に入ったとき

その声は聞こえた　勉強机の左側前方の角　襖と障子が直角に交わる境あたりから　ひろちゃん　ひろちゃん　と確かに二回男の声ではない　誰か来たのかと障子を開けるとすぐに玄関　鉢植えの棕櫚《しゅろ》は葉も揺れていない　それでは母かと縁側に出て庭を見るが掃き清められ集められた落ち葉から細い煙が昇っているだけ　そう言えば母は早々に出かけた　どこにとも言わずちょっとしたよそ行きを着て　見てはならない世界というものがあると思ったのであった　では誰か　いや何なのか　世に行われている怖い話に提供しようか声の主がいないと分かりぞっとしたという　ならばあれは異界の呼び声　問題は解決　いやいっそ幻にしてしまおうか気のせいだったあの時は体調がよくなくてと　しかしどの道現実の上の仮普請　歩いていくなら忘れられないあの親密さの方へ　私はその実体を探し

て久しいのである　もうあの家もなく清新の気に満ちた秋の庭も紫煙の巡る町内もない　健在なのは「音楽の泉」とそれを聴き終える私　昼に向かう気だるさの中で再び呼ばれるのを待っていたりする

気がつくと犬が吠えている　そうか呼んでいるのは犬だったのかするど裏の畑に誰かいるな　でも待てよ　裏の畑でポチが鳴くというのは変だ　こんな昔にポチという名がつくわけがない　怪しい犬め　それとも怪しいのは畑か　或は読み止《さ》しの二葉亭　風が運ぶ声を捉えようと慎重にツマミをまわす　花を咲かさなければ不審の花を　煙を上げていたものがあった筈だ　あの思念の灰を集めて撒きに行くのだ　あの庭の　既に声もなく葉も落とした木に　幹をくねらせて世を臨界に誘う根のない木に　ああ裏庭などないというのに

宮殿の不審

王様が何かお話しになったようだ　ほんの一言　それも左右に控えた二人の近習が　身じろぎもせず互いの反応を探り合わねばならぬ程のかすかな囁きであった　朝の威光が領内を覆い尽くし民草の心根にも浸透して　一夜をかけてようやく結んだ露も許さぬとその頬を固くする砌《みぎり》である　大路の喧騒は次第に沈んで樹々の葉もなりを潜め　この宮殿の威容を支えている柱々も透けて見え始めている
いつものように執務に入られて　いつものように泰然と神々との協議を準備しておられるそのお姿に　一同世界の運行の事無きを感じ

取り詰所に控えているばかりであった　もしかすると砂漠を渡って
来た風が告げ口をしたのかも知れない　辛酸を嘗めるのはどうして
いつも自分ばかりなのかと　既に乾ききった老いぼれめ　たまたま
賢所《かしこどころ》の扉が一瞬気脈を遊ぶを勿怪《もっけ》の幸い日頃の腹いせを一吹きして
行ったか　とすればこれは我等の油断にも帰せられる　一陣の渦も
見逃してはならぬに　交錯する光のその静寂の　わずかな隙間を抜
け目なく擦り抜けてきたのであろうか　無礼な風である　姿の見え
ぬをよいことに禁断の気圧を侵すとは　閉じがちな御目蓋がしめし
合わせたかのように左右揃って開いたのである　そうほんの少し
ここからもそれは判った　確かに見えたのかと問われればそうと確
信は持てぬが　遥か離れた星の千光年の夜明けに立ち会うが如くで
あった　その気配たるやあたかも日常への不審のように　地下で逆

巻く水脈のように　今にも噴き出しそうに八方に波紋を遣わしたのであった　側近悉くひれ伏すのほかはない　気の緩みのその因って来るところは何なのか追及を免れることはできないだろう

そう言えば昨夜は　近習共の中でいざこざがあり　厨《くりや》は夜もすがら灯が点っていて　陽が昇る頃になってようやく消えたとのことである　厨事が国事になってからというもの　その思想性と具の順序に関しての争いが絶えず　このままでは料理という料理が棚上げにされるのではないかとの憂いが湯気に劣らず立ち籠めていたのであった　だが伝わるところこの度の争いは火加減が種であった由　常日頃から気をつけよとの達しがあったにも関わらず　誤って紛れ込んだ火種を使ってしまったらしい　火種庫には常時数千種に及ぶ火種

が備えられており　料理毎に使うものが決められているのはあまり知られていないところであろう　そもそも宮殿で夜毎に繰り広げられる宴に　毎夜異なる料理をあの広い卓いっぱいに充たすのであるから　その種類も増加の一途を辿り　いきおい火種も増え続けている訳で　掛け合わせを工夫することは勿論　まったく新しいものも開発されている　それは遡ること百世代　調味料の限界に気づいた厨の大発見だったのであるが　とはいえこう増えたのでは管理も難しくなって　もとより門外不出ゆえ近習が直接担当することとなっていて　その労苦は一通りではないという　それら火種の識別は色に拠るばかりではない　炎の形や揺らぎ具合さらには熱効率の奥ゆかしさ等々　新種が配架される度に判別の困難度が増してゆく　慣れぬ者もいる訳でこれまで事故がなかったのが不思議なくらいであ

る　加えてこうした聖なる火の住家の心地よさを狙って不埒な火が侵入することも希ではない　担当となった者はこうした犯罪火を摘発することもしなければならない　万が一濁った火を使ったなら賢き御舌を楽しませるべき調理に狂いが生じて御稜威《みいつ》の不調を惹起するは必定　いきおい磐石たるべき御政《おんまつりごと》に揺らぎも出ようというもので　王国の威信も急落　一近習の処分などでは済まない事態が推察される　今般の騒ぎの原因は担当者の視力であろうか　そんな筈はない　毎年宮殿に上がる者全員の身体機能検査は過酷を極め　任官中御役御免となりはしないかとその不安だけで痩せることができるという　とすれば色彩感覚か責任は誰かと議論が果てないことであろう　何しろ言葉を頼りに現象を認識する輩の増加には目に余るものがある　大路で喧《かまびす》しい教育論議も色彩の手触りや形象の律動性

には及ばない　さても不安なことよ　言葉なぞに頼る風潮がこう蔓延しては世も末である　まさかそれが宮殿の中にまで入り込んでいたとは　灯の消えた厨には仮の日常が戻っている　議論は法廷へと持ち越されるようだ　火種庫の番人も交替しただろう　若き近習は眠い盛りである

ピクニック

蕁麻疹は不得手
この世は不埒なことばかり

世に鬱の種を蒔きたくなかったから学問を志したのだあまねく
流布する花粉に怖気ず万物の尺度を気取って春の
日差しに立ってもみたかった　その実地中海の波に
照り映える程の仮説がその辺の海に
ないかとハンドルを握っているだけだが　だから

蕁麻疹は不得手不得手
あの世も書き割り薬が効かぬ

気がつけば本の山で　乱雑に積み上げられた職能関係に
立ちすくむばかりこのままでは
越せないだろう噂される飢饉を
すでに兆している免疫調査を
野遊びを装い大切なものを
背負って登山口に向かう人が増えたと聞いた　もう

蕁麻疹が不得手不得手不得手

どうにもならない私のティッシュ

肩の荷が一足ごとに食い込んでくる両手も
ふさがって地図を見ることもできない
なんて後知恵もいらないか　道はぼうと不法投棄の
古書に縁どられてほの明るいむき出しの頁から
海百合みたいなのが
生えてあちこちでゆらりゆらりと
ここまで来てまだ迷っている捨てるか
捨てられるか
この先はもう化野《あだしの》
兵《つわもの》どもの夢を封じて

髪を梳く者がいるらしい
かき崩れた徒し世と
あたしよと
ほら月明かりの朧

蕁麻疹が不得手不得手不得手不得手
蕁麻疹は不得手
わたしの表紙を返しておくれ

源語抄

胡蝶

夜に入りぬれば
墨染めの下心
あなたふと
撫子襲《なでしこがさね》の裾割れの
あけ放てかしドリア旋法
あなたふと
遥かに渡つてきた今宵

墨染めの裾割れの
いと飽かぬ心地

夜に入りぬれば
壱越《いちこつ》の調べ
しどけなき襤褸《らんる》
あなたふと
しどけなき不可逆
その辺りに練絹をうち捨てて
襤褸　襤褸
不可逆に耽る

夜に入りぬれば
あなたふと
少女《をとめ》のソルフェージュ
散華が変調にさしかかつて
あなたふと
鱗粉の裾割れの
咲きこぼれたる御簾《みす》の際

源語抄

須磨

立場は日に日に悪くなる
歴史に加担したければそう呟いてみることだ
夜空を零れ星が横切るように
一瞬だけおまえの顔つきを照らし出すその転進含み
いざとなれば向かいの島へとの思わせぶりも
その気もないくせにと既に見破られている
寄せてくる波の
満潮の

到達域の観測は手配したか
東の空が白まぬうちにこの渚を歩かねばならぬではないか
茫漠たる不実を背負子に押し込めて
履物を濡らさぬ段取りに怠りなきよう
水も漏らさぬインテリジェンスが必要

月を読んで
逃げゆく先を一覧にまとめて評価して
分析の隘路《あいろ》に到らばしばし立ち停まることも
朝靄に頼んだ醜聞の山は目眩ましであったかと
白日の世論に解読される虞《おそれ》なきにしもあらず
そうなれば
沖を往く白浪に学ぶほかはない

砕けて輝く束の間の鬣《たてがみ》
うねりは尽きない
次から次へと出番を待つ種がある
盗人のとは言わないが

本庁に帰投しないのはどういうわけか
何か隠しごとでもあるのかと
上の方で不審を持ち回ったようだ
こともあろうに夢の中まで執達吏が進入
幻の査問は決定事項であると令状をちらつかせたが
そっちも合鍵が欲しいのだろう
くれてやる

せしめ過ぎたが早春の蹉跌《さてつ》
ばら蒔き過ぎたが青春の花粉
実体は余寒に
砂臭いフローリングに仮住まいの身だ
濡れ場はもうたくさんだと白状してもよい
近い世界に未練はないが
近所に知恵者がいるとの情報
人間型ナビシステムが教えてくれた
通信履歴を開示せよなんて言わないらしい
もう宥めてくださいと甘えの一手だ
土地の神々に昵懇《じっこん》の
もしやあなたはお父さん

調査ばかりのこちらの網では
心の獲物がかかりません
食生活の悪化に追い銭
肌艶の劣化に追い銭
あ　稲光
官僚どもが一斉に俺を見る

伊予ヶ岳異聞

ニュースです　大型連休も半ばとなりましたが　晴天に恵まれた県南では　伊予ヶ岳の山頂に向かったまま連絡の途絶えている一行八人の消息が依然として掴めていません　一行は昨五月三日朝北登山口から入り　通常のコースを取っていたことが他の登山客の話から確認されていますが　下山予定の夕刻になっても下山口に現れず夜を迎えておりました　心配した家族が麓に集まり携帯電話を使って連絡を試みましたが　もともと電波状態のよくない土地柄であり動向不明のまま朝を迎えております　道に迷ったのか　コースを別

にとったのか　外にどんな可能性があるのかなど様々な憶測が飛び交っていますが　そもそも遭難が想定されるようなコースではなく実際今までに遭難者が出たこともないことから　救助隊を組織した前例もないとのことで　関係者は途方に暮れています　一行八人は地元在住の熟年パーティーで　いずれも定年後近県から越してきた初心者ばかりであるにも係らず　先達を頼まずリーダーもはっきりしないままの登山で　その無謀さが明らかになるにつれて非難が集まり始めています　地元の役場に急遽設けられた対策本部では　本格的な捜索活動に入らざるを得ないと覚悟して　ともかく近隣の市町村や県に相談するという形で恐る恐る応援を要請し始めました現場では間もなく記者会見が始まる模様です

これから自由時間とします　三句作つて提出してください　さう言はれてからかなりの時間が経つてしまつた　付き合ひだと云ふのにこんな所で馬脚を現すのは御免だ　吟行でこそ我輩の力が発揮される筈　速攻だよ速攻　ウイットと云ふか即妙と云ふか日頃職場で最も力を入れ酒場で鍛へた軽みが滲み出ない訳がない　例月の句会でのやられ放題を思ひ出せ　もつとも俳諧味と云ふものが分かる手合いがゐないのだから仕方がない　理不尽だね　レベルを上げてくださいよ　いつまでも待つてはをられません　今日は大いに教育してやるべしですな　独吟賢き哉　手の内は明かしませんよ　それにしても何もないね　いい加減歩いたと云ふのに花のひとつも見えない鳥も鳴かぬ　空気はよそよそしくてピクリとも動かない　全体連中はどこへ行つたのかね　求める素材が違

ひますもの同行は勘弁願ふとしても　その辺に姿が見えてもいい
ものだらうに　見えるものといつたら何かかういびつな玉のやう
なもの　黒ずんで歪んだ丁度生ごみを入れて口を結んだ袋のやう
なもの　ひとつふたつと数へてみれば次から次へと見えてくる
その気になつて目を上げればずつと向かうの方までありさうで
そのせいでうす暗くなつてゐるらしい　まるで朝のごみステー
ションだね　いつの間にかその中に入り込んでしまつたやうだ
その証拠にそいつがだんだん増えてくる　誰かが投げ込んでゐる
のかもしれない　こいつはまいつた　と引き返さうとして振り向
きますと　そこはもう真っ黒なごみ袋が堆く積まれた状態　これ
が聞くところの壁　人生の障壁かと合点するほかはございません
もう動けない　塵も積もれば山となり芥を集めれば巨大な感情の

発酵となります　中をあらためるまでもなく何か面妖な観念が褶《しゅう》曲《きょく》に励み蠢いているに違いありません　そこは町内の腐臭を嗅いで廻るが習いの日常　はたと気づくことがある　ごみ袋は透明化した筈だ　それがどうして黒いのか　近寄ってみれば何と袋の中にはぎっしりと文字が詰まっております　大きいのやら小さいのもう形がくずれてだらしのない奴がいるかと思うと自己を見失うまいとして肩を張っている奴　どれもこれも今は出自など見当がつきません　故郷は一体どこだったのでしょう　思い出しているのでしょうか　涙に濡れそぼつ風情もそこここに見てとれます湿っぽい　なるほどよその人は上手だと悟りました　心を捨てる術《すべ》を心得ていらっしゃる　いらなくなつたらすぐに　腐らないうちに口を結んでしまふのか　そしてそうかここに捨てるのか　膨

れた腹で歩いてみても道理で何もない筈だ　もう袋の中　私も私の心になつて私を捨ててしまはうか　目を手を声を観念をそして食欲を心の贅肉ともどども　いつそまるごと捨てようか　仁義も礼も黒ずんだ玉　いえいえそれはなりませぬ　言葉を粗末にできようか　言葉は皆で遣ふもの　藪に本が捨てられて　そんな時代になつたのかしら　皆のものは大切にと幼い頃からしつけられ疑ふことさえなかつたが　近頃はやりの自分の言葉　学校などでもそう教へられ勝手気ままの遣ひやう　私物化私有化以ての外で借り物なればお返しすべし　磨きをかけるが衆生の務め　心も少しは高くなる　あ　出来た

　青空にとんがつてゐる禿頭

やつとひとつ出来た　ムキになつてしまつたが

昨日から伊予ヶ岳に入ったまま行方がわからなくなっているパーティー一行の続報です　本格的な捜索が続いていますが消息は依然として不明のままです　この伊予ヶ岳は県内で唯一「岳」とつく山ですが　本県は山の低いことで知られていますのでそれほど高くはありません　登山道も整備されていて深い森もありません　迷いようがないこの状況で迷っているのは対策本部の方であることから狂言説も有力になってきています　しかし狂言なら山が違う　富山は隣だとの指摘もあり　ならばそこに向かうのも理由のないことではないなどの憶測も囁かれているとのことです　記者会見が何度も予告されながら未だに開かれていません　混迷は深まるばかりといった状況です　なお今朝早く　派手な色を髣髴とさせる古い帽子が見

つかったとの情報が流れましたが　依然未確認のままです　一行八人の集団社会機能とモラルが維持されているかどうか懸念は増すばかりですが　憲法関係が手薄になる虞《おそ》れも切実で　報道陣の多くは撤収を検討し始めています　いい加減にけりをつけたいところです

軟体生物

何もおまえが憎くて言ってるんじゃない
おまえの将来のためを思っている
そのくらいお分かりでないかね
どうしておまえはこうもまあ型に拘るのかと言っている
愛とは何かと訊けば
ウヰスキーグラスを磨き上げることだと言う
受話器を静かに置くこと
新聞を読んでいるふりをすること

それはまだいい
判子を押すのも心は七三だと気取って見せて
近頃は流儀がござんせん　ねえお父上とくる

なまこ　うみうし　あめふらし

だからおまえはばかだばかだて言われるんだ
そもそも人間性というものをどう心得るのか
夕方雨戸を閉めることと雑《ま》ぜ返すのは勝手だ
なるほどそれはおまえの言うとおりで
朝になれば雨戸は開けなければならないし
お天道様に手を合わせて潮風の到来を待てば

夜来の屈託にも格好がつくだろう
しかしそれでも深層心理の波の下
揺れて光は縞々模様
湯気は朦々首を包んで
スーパー銭湯にも満ち潮がひたひたと寄せるだろう

なまこ　うみうし　あめふらし

こないだもそうだ
木の中を歩いてこい頭を冷やせと言ったら
木と木の間だろうと口答えする
学校でそう教えるのは仕方がない

人間《じんかん》に憂いありと
それも一理かと頷いて
こんな夜はステファーノに限ると
おまえが呟いたのを真に受ける迂闊さ
屋根打つ雨で眠れぬ夜は
いっそ心も濡らしたいのだろうと一人合点
内面の林道を追いかけてみようと思うだろ
海に出る木下闇を
ところが聴こえない
響きも呻きも聴こえない
岬の端に立って帰れ帰れと叫ぶテノールの
あの悲運のジャケットをどこへやった

壁から逃げたか鋲だけ残して
ソレントなんぞは遠すぎると
見切りをつけて素通りの
どうやら宗旨替え
世評の潮溜りに手頃な殻でもあったか

なまこ　うみうし　あめふらし

しおらしいと思えば枕を担いでいる
輾転反側のひとくさりという了見だ
こんな夜にはバッハを奏いて
泡立つ音符に共振をと吐《ぬ》かす

ふざけたことだが
世間のカミソリに当たってこいと
怒る気になったら形勢は逆転
聞く耳を隠したらしい
そうか算段は
恋はシオマネキ

十五夜

私はここで死にたい
雲の峰の裏手
見知らぬ時間が流れるあたり

枝垂れる萩
枝垂れて

枝垂れて
山を越えてくるうすい紅

早々と瓶子をしつらえて
唐草の筵に端座
今宵こそ傾くかと

暫
しばらく

彼岸までは大概痩せ我慢　一山越えようという今夕節分なるを以て一言申し上げたく　世はあげて危機管理　御参集の皆様におかれましては既に対策は万全と　盛大に並んだ膳も恥じらうお顔のテリご様子取り繕いを拝見しますれば　どちらも様も今朝方出がけのひと悶着を忘れようとの御決意　まことに涙ぐましく　ここに宴を張ったるがまこと欣快至極　そもそもクライシス・マネジメント　襲わるるものの特質を問わぬと有史の事跡が証明　地震台風が我が一統のみを襲うとは聞かない　大を以て世間を押し並べ　遍く平等に近

づけんとの運動　それへの対応の実態こそ異なれ　我が方の策は万全　枕を並べて討ち死にも覚悟の本席　肚を据えての一同着席と相なっている次第　翻ってリスク・マネジメント　彼のものが特質を隠すところ　小癪なと特定狙いを定める　ギャング一味が銀行に押し入るの図はなるほど相場に相応しい　業界には新説が吹き荒れ即ちリストラクション　その様ゴジラに倒さるるテレビ塔に似て　一筋の信念にも風は冷たく容赦なく　商店街の扉バタバタと断末魔の音に等しい　新しき道に出でよ　そこにはただ枯葉が渦を巻くと雖も　シャッター閉まりがちのこの風景を描き変えよ　人生の難事ここに存すれど　はたまたひたすらに対象化の途を求めて恥じぬか

さてさてこの度のお噂　町会ハイカラ化推進相談役ご退任ではない

かと　まことならば慶事あたかも鬼の風邪引き　とりあえず心をこめて追い討ちの豆を用意いたす所存　一体ニクソン・ショック以来の停滞を　せめて指摘だけでも怠っておらねばと　それみたことか

出ていたんですよ
町内開化推進部不要論が
あのときね
追っかけるものがなくなっちゃったでしょ
探したんでしょうね
何かないかって
追い越すものがさ
荒地に立てなかったんだよね

独りで
だからといって
売地にしたのはまずかった
保身だね
追いかける者のＤＮＡ
いや洒落か
売るものがなくなっちゃったから
みんなお客になっちゃった
終わったね
追っかけてくるものもない
困ったね豆もない
また洒落だ

荒地に花が咲かないね
灰の中から恋心
まず燃やさなきゃ

しかし何ですな　子供が怪我をしやすくなったそうですな　いや有難うは残るという話です　すぐに転ぶ　転んでも手がつけないから顔をぶつけるんだそうです　転び方が下手なんでしょうな　私なんぞは転んでばかりですよ　毎日転んでいる　スケジュールは忘れるし会議じゃ眠る　それだって毎日頑張っていますよ　今じゃお客さんが心配してくれてます　だからすぐには立たない　転び上手になったもんです　強くなりました　でも子供たちは心配です　怪我をすれば心も傷つくだろうし　治っても癒えない心があるでしょうな

んて本当に心配です　どんな形でしょうね起き上がれない心って
手が出れば傷もつかないでしょうに　いやだから有難うは残るとい
う話です　温かいものが残ることもあるだろうという

小学校三年生の秋のこと　昼休みに鬼ごっこをしていて転んだ
友達を追いかけて人気のない裏庭に走り込んだその時　右膝に鋭
い痛みが襲った　一瞬息がつまって自分がどんなことになったの
か分からない　息を整えていたらうつ伏せになっていると分かっ
てきた　目の前が真っ暗で光が戻ってくるまで相当時間がかかっ
たことを憶えている　立ち上がろうとして手をついても右足が言
うことを聞かない　痛みは増すばかり　経験したことのない出来
事に涙ばかり出て声が出ない　やっとのことで仰向けになり痛む

辺りを見ると膝頭の脇に石の尖っているのが見えている　本体は
地中に埋まっていてその尖端が飛び出しているらしい　そこにぶ
つけたようだ　皿にひびが入ったとは後で分かること　ただただ
困っているところへ　立てないの　と声がかかった　大人びた声
上級生のお姉さんが二人気にしていてくれた　答えを待たず手を
伸べて衛生室に連れていってくれた　担任の先生が駆け込んでき
てくださったのもその人たちの働きに違いない　痛みは続いてい
たが何ともいえない安心感　お礼を言えなかったがこんな上級生
になりたいと思った　大きい学校だったから初めて見る顔で名前
など無論分からないまま　しかし有難うは残っている　今でも

それにしても昔の人は大人でしたね　小学生も高学年になれば一人

前件の方たちも私を先生に引き継いで一段落と見るや　今度は邪魔は無用とばかりにそそくさと部屋を出ていかれました　理屈や哲学を持っているといった風情が漂いました　ですから中学生ともなればもうおじさんおばさんですよ　実際世の中を支えておりましたそういう社会なら　あっちも立ってこっちも立つということもありそうです　即ち新相談役次第　来るも来ないも陽気に任せて　わたしどもは安住できりゃいい　来なけりゃ組織再編でしょう　なんでも移住組を頼ってリクルートするという　そんな一手が流行り始めて街場の穴も塞がらない　引き抜き引き抜かれ　もうじきあちこちでリスクが騒ぎ立てます　一斉蜂起　とかくこの世が住みにくいと云った文豪にはジコが多すぎました　四月が残酷だと云った大家には　東南西北卓を囲む発想がなかったと推察いたします

有難うは残る　世々の絵柄を借りて連綿　心情の絵柄を重ねて通時を構成　さすれば有難うに過去形は馴染まないと判明　すなわち馴染まないから有難いところを　しらばっくれて過去形に作れば有難さも確実に排除となる段取り　忘るるべき百件をもひとからげ　まとめて時間の不可逆に　天の川に　渦巻く急流に投げ入れる慣習この際添えるは護符を一枚　用言ましたの妙に恃《たの》めば足りる　この点相談役も有難うございました　おっとこれは失敬千万　とはいえご重役なら欣快と　活躍の場は確保済みと伺いおればの進行の気色
何分当方には残り酒がたっぷりござる　お開きの野にシートを広げもうひと夢まいる所存　どうせ草枕　経費は組織持ち

秋冷

虫の音を聴きに来ないか
雨上がりの野原で
夕陽が散乱
光の粒が昇っていく

ウマオイと並んでみないか
草むらに身を潜めて

大腿筋に一礼
漆黒のレンズに銀河がかかる

虫の音を浴びてみないか
風がやんだ夜
潮音に決断のあいの手
柿が落下

音楽夜話

ベートーベン　第九交響楽

この混沌が宇宙の創生であるならわたしたちは
ブレイクが見た一粒の水滴の中におります
ホフマンの示唆を俟《ま》つまでもなく
ベートーベンはロマン主義の風土で呼吸しておりましたから
コールリッジの想像力説を尋ねませんでも
何よりシラーのテクストが一篇の詩論としてそれを語っております
とは申せカントに端を発するこの想像力説が
例えば　メンデルスゾーンにおきまして

近づき難いものの裳裾に触れなんとする
上昇音形として花開くとしますれば
今ここに生まれ継ぐ響きのうねりは一体何でありましょうや
急激に下降し　或いは緩やかに旋回を繰り返して
上昇を律する音形の群のことでございます
接近への意志でしょうか
参入へのひそかな準備でしょうか
この四つの楽章に
彼が求めた音楽の正に
その誕生から成熟への途が折り重なっております
ですからその終焉も
一瞬のやすらぎはそれらの交点でしょうか

至高の開示を暗示する静寂であります
そして突如吹き上がる五度の逆行
冒頭の所与をそっくり反転させました
この響きではなくと
さながらブラックホールからの噴出のような預言者の警告
わたしたちは気づきます
オルケストラのフィールドはさながら荒野
そして　そこを
小高い丘を彼が登っている
メタ音楽への途ではないのかと
立ち止まっては考え
振り向いてはまた目を戻す

受容と拒否が不定形の十字架を描いております
道行の頂に何が見えるのか
この響きではないと響きを
喜びを対象化してしまう背反
その実体を背負えばそれは重いに違いない
しかしそこにしか音楽はないという事実
突き動かされております
彼もわたしたちも
今出現しているのは
記念碑的な四重唱
大いなるものの後姿
最高音ドではなくシのシャープであります

スーパーUEDA

雨が止むのを待っているわけではないが
突然のこの降り
五百歩の帰路が遠くなって足も止まる
それにこの店の洋風に造った大きな廂は
自動ドアが開いてしまうのもお構いなし
何人でも引き受けましょう
ティーブレイクでもどうぞと誘っている
いかにもこういう時のためだと

地元の客を懐深く面倒見るという風情
ここは店の意図に添うのが仁義ではないか
もっともこの状況では
車で来てこの軒まで鼻面を突っ込まんばかりの手合いが優勢で
常連は来たらず　さすれば天気予報を窺っていると思《おぼ》しい
若者は簡易喫茶スペースに屯《たむろ》
天候は人生に相渉らずと議論が一決したのであろう
注意報土砂降りの中へ先を競って跳び込んでいくから
残るのは住人まがいの証である
海が近いのだなあと独りごちて
気象予報士よろしく雲の行方を占って気づく
サンダルが濡れている　靴下が　ズボンの裾が

あわててレジ袋をかばい目を上げれば
迫り来る山容
補陀落山那古寺《ふだらくさんなごじ》を中腹に抱く霊山の威容
不審あらば世を染める風とて許さじと
麓の地霊と和して立ち
雲の組成は身を賭して閲《けみ》する構え
天網というものが当てになるのか
天気図というものが
持ち堪えられぬからこそ屈託だなどと
あたりかまわず降り散らす不心得あらば断じて通さず
変成《へんじょう》の意志あるもよし
たくらみは流れ門前十字路に涙となってあふるるプログラム

衆生には本堂付近より館山市街の一望を許し
さらに登って潮音台に至れば
正面に里見の古城もどき
右手に鏡が浦を広げる設《しつら》えは
スーパー UEDA が趺坐《ふざ》のほとりとなる所以である
心寛き地霊は忝《かたじけな》いなんて嘯《うそぶ》きながら
古老は急変に備えた傘を持って出る

小林病院　海の見える病室

とにかくこれを縫っちゃわなくちゃ
窓の外が
丁度この下あたりが騒がしい
あたしの心も騒がしい
山車のそばに行くんだから
これを着せてやらなきゃ祭りは来ない
よそには来てもこの子にゃ来ない
とにかく左手

あたしの命は左手
針を乗せて食べてきた
次から次へと縫ってきた
仕事なんか後でいい
このお揃いさえ着せれば世間に出せる
この子を世間に出せる
夢かしら
耳のあたりまで波が
とにかくこれを縫っちゃわなくちゃ
ああ　もう太鼓の音《おと》が聴こえる
笛の音《ね》が風に乗って来ないうちに

本署界隈日常

～『震災史』抄

祖父の祭日は幸い晴天　寺から帰った縁者に午後の光が柔らかい
黒の上衣は脱ぎがちとなって　大人たちの車座が白黒の斑幕模様を
作っている　広くもない座敷で家伝の訓話の虫干し作業　今年こそ
茶箱一杯分の書類を半減させたい　いやできれば箱ごと始末してし
まいたいのである　もとよりそのうちの幾分かは分有するも覚悟の
上　ところが予想通りと云うべきは　手から手へ回覧されるものを
見れば　どれも処分が憚られると実感せられるものばかり　作業が
捗らない　複写のカーボンで指が黒くなってきた　薄手の紙が繰り

にくい　諦めていっそ全部このまま保存とするか　皆腹から湧いてくる言葉を飲み込んでいると見える　昼の酒が効いてきたか　来年またやることにしないかと気分はそう傾いている　しかし呑んだ勢いというのもあるようだ　孫子に伝える　か　ずっとそう言い続けるわけだ　そう聞こえた　誰の声ということもない　会合には意図というものがある　難問は避けられないのである　即ち『震災史』を誰が持ち帰るか　一族の気質精神の露頭に目をつむることはできない　本署庁舎内も裏庭も保護の場としたのであれば

大正十二年九月

　次で同日（一日）午後三時頃に至り、東京市の大火災を伝へるものあり、間もなく灰燼の降下著しく、南西の満天には入道雲奇羅重畳として現はれ懸崖峰巒《けんがいほうらん》の如く正に豪雨沛然として襲来せんかを疑はれたるに一滴の雨なく全く濛煙《もうえん》なりしものと認められ黄昏に及んで葛飾橋上より火焔を遠望し得るに至りたるを以て人心一層恐怖し居る刹那早既に東京の悲惨なる報告を齎らすもの飛ぶが如く漸次其の数を増加したるを以て消防組、保安組合は益々熱心なる警戒を為すに至れり、

明くれば二日此の日早朝来より東京方向より三々伍々避難民の通過を見るに至りたるが其の数漸次増加し午後一時頃よりは当町を通過する避難民群集し肩摩《けんま》、轂撃《こくげき》の状態となり三日間に亘り尓後《じご》漸次其の人員を減セリ而して二日夜来よりの避難民中に東京に於ける火災は朝鮮人の放火、爆弾投下に由るものにして彼等は其の他掠奪強姦等を敢てしあらゆる不逞行為あるを以て警視庁に於ては軍隊と協

力し発見次第銃殺し居れりとの流伝蜚語《りゅうでんひご》を異口同音に伝へたるを以つて人心は更に震火災の恐怖より転じて鮮人の襲来に及び極度に神経を尖らし火災の警防よりも鮮人ノ襲来防禦《ぼうぎょ》と検索に移れり

之れより前九月二日黎明より一般巡査を出動せしめ火災の警防に努めしめ一向避難民の救護に救恤《きゅうじゅつ》を為すべく群、町、村長に交渉せしめ着々準備を進むるに至れり、然るに流伝蜚語は漸次其の声を高め鮮人排斥の急なる状況に迫りたるを以て特に鮮人の来往に注意し且鮮人の居住せる

甲町　内務省河川工事場

乙町　陸軍糧秣倉庫工事場

丙村　北総鉄道工事場

丁村　〃

に対しては特に警部補巡査部長、巡査を派遣して鮮人の来往と行動とに注意を拂はしめ且つ嚴重なる保護警戒に当らしめたり　九月三日に至り流伝蜚語は愈々急迫に陥り消防組、青年団在郷軍人会其の他は概ね猟銃、竹槍、棍棒、日本刀、剣其の他あらゆる往古の武器を携帯して公然来往し、当署の諭旨を聴かず東京市は勿論府下金町亀有附近に於ては機関銃或は刀剣槍戟《そうげき》を以て現に鮮人を殺害しつつあるを以て当警察署にても悉く殺害にすべしとし町民は悉く鮮人殺害の必要あることを力説し官公吏教育家宗教家に至る迠《まで》概ね此の説を正当なりと解し却つて煽動的言語を吐露し殺気汪溢《おういつ》し其の状真に人觸れば人を斬り馬觸るれば馬を斬るの概ありて当署の緩慢なることを鼓噪《こそう》すること甚しく、当署は此の間に処し一般に対しては鮮人中不逞なる者は別とし多くは善良なるものと認めらる、東京に於ける鮮人の行動は知らざるも、当署管内に居住する鮮人は東京在住の鮮人と氣脈《きみゃく》を通ずるものなく又目下平穏にして更に危険の言動を目撃せされば善良なる鮮人と認むるの外なし、之等の鮮人を殺害するは国法の禁ずる処にして軽挙妄動は君子の行為にあらざれば絶対に危害又は直接行動を慎まれたしと屡々《るる》諭示に努めたるに却つて当署の措置に悪感を抱き署長は無能だ、常識がない、社会主義者の親方だ、国賊だ、殺して仕舞へ月夜の晩ばかりではない闇の夜を気を付けた方がよい、警察は焼拂へと熱狂し民心は頗《すこぶ》る悪化の極度に達し危激の言動は耳朶を掠め直接に面前攻撃を受け或は巡査を通して脅迫すること其の数を知るべからず目前を往来すること頻々として叱咤又急なり町民の重立者は日本刀其の他の武器を携帯して当署に押寄せて騒擾行為に出て殊更に当耺に対しては挑戦的態度に出づるを以て此の場合当駐が町民諸君と論争するが如きは事端を紛糾せしめ大局を愆《あやま》るを以て真の目的を達すること能はざれば之を避くべきも諸君は理非を弁《わきま》へす煽動的騒擾敢へてするに至りては殆んど問題とならず諸君の言の如く鮮人殺害せば諸君は満足すべきも当駐は未だ鮮人殺害の命令に接せず、諸君が当駐を殺害するならば当駐は逃げも隠れもせず死所を得たるものと信じ喜んで死に服すべきを以て当駐を殺して政策の目的を達するものならば当駐は大臣と同資格であると信ずるを以て死も元より本望である、骨は千葉県で拾ふから直《ただち》に殺して諸君の希望通りに致して宜敷《よろし》からむ　又警察署も焼拂ふならば本駐が制止しても到底衆寡敵せざるを以て希望通り焼いて宜敷い、諸君が焼拂つても県は年々一棟位づつは建設し得へし然し警察署を焼拂ふに就ては附近に迷惑の掛らぬ様に焼拂ふべしと豪語し居りたるに遂には町民も何等直接行動に出でず、徒《いたずら》に小耻に悪罵を加へたるのみにして十数日間持続して脅迫騒擾は犬吠の間に経過したり

叙上の如く混乱状態は実に言語に明状すべからざる状況にして、恰《あたか》も戦国時代を偲ばしむるものありき、其の後震災の整理に及び殊に鮮人殺害事件の検挙に至るや各所自警団の横暴と不法行為に帰着したるより一般は初めて警察の措置の適法なることに悟り、警察の制止に反したるものは検挙せられて後難の苦痛を訴へ、警察官より強硬なる諭示と反対とを受けたるものは今日に至り多大の幸福に皈《き》したるを以て先に警察攻撃の騒擾に加擔したる民衆は衷心慚愧し却つて警察官の熱烈なる忠誠に感し多大の同情を注くに至りたるは人情の美点茲《ここ》に存するものと認めらる

後書

天体が遠ざかりつつある。気も遠くなる遠方の話だが、専門家が言うのだから確かなことだろう。しかしこれに、これは現実の話であると念を入れられると、何か社会人としての対応を迫られているようで、居心地はよくない。意識にも遥か彼方があって、そこで何か尋常ならざる出来事が進行しているかもしれない、身体の奥では未知の芽がと不審が複利を呈すれば、類推の無限空間。忙《せわ》しい、屈託の渦のような世間に棹差す日々の、待ったなしの心こそ現実であったのだが。

若者は超《ちょー》現実と言うだろう。わたし超現実主義、と。すなわち現世的精神の拡張と見えなくもないが、足場は定まらない。なにしろ宇宙は広大だから、想像力が追いつかない。取り付く島がないので、別れ行く巨大な渦をこの目で見るなど、叶うはずもないのである。

ところがそのことを、疎遠になっている友人や知人を思って、ああこのことかと実感できるときがある。この世に産まれたことが人との乖離の始まりであるとみれば、人と人との交わりも、その経過も天文学上の法則に包摂されていると思われてくる。

それどころか、自身の思いや経験が遠ざかる日々である。今、「岩礁」「光芒」「火映」に掲載させていただいたそれら、そして反故の束に眠っていたそれらを『夜伽話』として呼び戻し読み返してみると、なぜここにこんなラインがと立ち止まること再三に及ぶ。

在りし日のメタフィジクの、一瞬の輝きが遠ざかりゆく。ちょっと振り向いているようでもある。手を振るのが礼儀かと。

なお「本署界隈日常」の後半は加藤仁三郎文書『震災史』からの抄出である。適宜現代仮名遣いによる振り仮名を試みた。

令和元年晩秋

加藤廣行　（かとう・ひろゆき）

昭和25年千葉県生まれ
日本詩人クラブ会員
日本現代詩人会会員
詩誌「光芒」「山脈」同人・「火映」会員

既刊著書　詩　集『AUBADE』（1980年　国文社）
『ELEGY, &c.』（1991年　国文社）
『Instant Poems』（2002年　国文社）
『歌のかけら　星の杯』（2013年　竹林館）
教育論『国語屋の授業よもやま話』（2012年　竹林館）
歌曲集『ほんとはむずかしい五つのことば』（2015年　樂舎）
詩論集『新体詩の現在』（2015年　竹林館）

現住所　〒274-0063　船橋市習志野台4-56-5

加藤廣行詩集　**夜 伽 話**

2019年12月10日　第1刷発行
著　　者　加藤廣行
発 行 人　左子真由美
発 行 所　㈱竹林館
〒530-0044　大阪市北区東天満2-9-4　千代田ビル東館7階FG
Tel　06-4801-6111　Fax　06-4801-6112
郵便振替　00980-9-44593　URL http://www.chikurinkan.co.jp
印刷・製本　モリモト印刷株式会社
〒162-0813　東京都新宿区東五軒町3-19

ISBN978-4-86000-421-7　C0092

定価はカバーに表示しています。落丁・乱丁はお取り替えいたします。